Malourène et le
message mystérieux

Du même auteur chez le même éditeur

Malourène et le maître du monde, coll. Le chat & la souris, 2005
Malourène et les malheurs de Graindesel, coll. Le chat & la souris, 2004
Malourène et les chasseurs de licornes, coll. Le chat & la souris, 2004
Malourène et la fontaine magique, coll. Le chat & la souris, 2004
Malourène et le roi mouillé, coll. Le chat & la souris, 2003
Malourène et le sourire perdu, coll. Le chat & la souris, 2002
Malourène est amoureuse, coll. Le chat & la souris, 2002
Malourène et les nains de jardin, coll. Le chat & la souris, 2002
Malourène et la dame étrange, coll. Le chat & la souris, 2001
Malourène et la reine des fées, coll. Le chat & la souris, 2001
Où sont les ours?, coll. Saute-Mouton, 2001
La tortue célibataire, coll. Saute-Mouton, 2001
Le monstre de la nuit, coll. Saute-Mouton, 2000
Le mouton carnivore, coll. Saute-Mouton, 1999
Terra Nova, coll. Grande Nature, 1998
L'argol et autres histoires curieuses, coll. Nature Jeunesse, 1997

Chez d'autres éditeurs

Secrets de famille, Éditions Hurtubise HMH, 2003
L'Écrit qui tue, Éditions Hurtubise HMH, 2002
La Planète des chats, Éditions Hurtubise HMH, 2002
Le Meilleur ami du monde, Éditions Pierre Tisseyre, 2002
La Conspiration du siècle, Éditions Hurtubise HMH, 2002
L'Enlèvement de la mère Thume, Éditions du Boréal, 2002
Le Secret de la mère Thume, Éditions du Boréal, 2001
Vengeances, Éditions Hurtubise HMH, 2001
L'Idole masquée, Éditions Hurtubise HMH, 2001
Le Cerf céleste, Éditions du Boréal, 2001
L'Inconnu du placard, Éditions du Boréal, 2001
La Valise du mort, Éditions Hurtubise HMH, 2001
Les Voleurs de chaussures droites, Éditions du Boréal, 2000
Non-retour, Éditions Pierre Tisseyre, 2000
Partie double, Éditions Hurtubise HMH, 2000
Tibère et Trouscaillon, Éditions Pierre Tisseyre, 2000
La Machine à manger les brocolis, Éditions du Boréal, 2000

Malourène et le message mystérieux

Laurent Chabin

Illustrations de Jean Morin

COLLECTION
Le chat & la souris

ÉDITIONS
MICHEL
QUINTIN

Catalogage avant publication de Bibliothèque et Archives Canada

Chabin, Laurent, 1957-

    Malourène et le message mystérieux

    (Le chat et la souris ; 35)
    Pour enfants de 7 ans.

    ISBN 2-89435-305-7

    I. Morin, Jean, 1959- . II. Titre. III. Collection:
Chat et la souris (Waterloo, Québec) ; 35.

PS8555.H17M3442 2005   jC843'.54   C2005-940961-4
PS9555.H17M3442 2005

Révision linguistique : Rachel Fontaine

 Le Conseil des Arts du Canada
The Canada Council for the Arts   Patrimoine Canadian
canadien Heritage

La publication de cet ouvrage a été réalisée grâce au soutien financier du Conseil des Arts du Canada et de la SODEC.

De plus, les Éditions Michel Quintin bénéficient de l'aide financière du gouvernement du Canada par l'entremise du Programme d'aide au développement de l'industrie de l'édition (PADIÉ) pour leurs activités d'édition.

Gouvernement du Québec – Programme de crédit d'impôt pour l'édition de livres – Gestion SODEC

ISBN 2-89435-305-7

Dépôt légal - Bibliothèque nationale du Québec, 2005
Dépôt légal - Bibliothèque nationale du Canada, 2005

© Copyright 2005

Éditions Michel Quintin
C.P. 340, Waterloo (Québec)
Canada J0E 2N0
Tél.: (450) 539-3774
Téléc.: (450) 539-4905
www.editionsmichelquintin.ca

05 M L 1

Imprimé au Canada

Chapitre 1

Une
conspiration?

— Aaaah! Rien de tel qu'une bonne tasse de café d'Éthiopie après le repas, soupire Malourène en se renversant dans son fauteuil, un large sourire aux lèvres.

L'après-midi s'est passée dans le calme. Quelques visites de fées et de lutins ou de jeunes filles amoureuses venues lui demander conseil. En revanche, elle n'a pas vu un seul nain de la journée. Peut-être y a-t-il, en ville, un concours de creuseurs de trous. Ou celui du plus gros mangeur d'andouille…

Si c'est le cas, elle devrait bientôt entendre leurs cris et leurs chansons. Quand les nains gagnent une compétition de ce genre, ils aiment manifester bruyamment et publiquement leur joie.

Aussi Malourène est-elle légè-rement surprise quand, à la tombée de la nuit, elle aperçoit une troupe de nains s'avançant furtivement sur le chemin qui mène à sa maison.

Les nains jettent des regards inquiets autour d'eux, comme s'ils craignaient que quelqu'un les suive. Ils approchent sans bruit, pénètrent dans le jardin en

ayant soin de ne pas faire grincer la porte, puis disparaissent sous les arbres. Ils ne sont même pas venus saluer la fée.

Quelle étrange attitude! Quel air de conspirateurs! Malourène est intriguée. Qu'ont-ils donc à cacher? C'est d'autant plus curieux qu'à leur tête se trouvait Grelu, qui est un de ses meilleurs amis.

Au bout d'un moment, Malourène n'y tient plus. Elle se lève, descend de sa terrasse et s'enfonce à son tour dans le jardin noyé dans l'obscurité.

Elle avance à pas lents et silencieux, évitant de faire

craquer les branches mortes ou de faire crisser les cailloux sous ses pieds. Rien ne bouge dans le noir. Où sont donc passés les nains?

La fée s'immobilise et, retenant son souffle, elle ouvre toutes grandes ses oreilles. Elle entend maintenant comme un murmure vers le bas du jardin, là où une clairière s'ouvre parmi les arbres.

Elle reprend sa marche avec prudence.

Tout à coup, la clairière se trouve devant elle, illuminée de lune. Les nains sont là, assis en cercle autour de Gros-Bedon, leur chef.

Ils palabrent à voix basse et Malourène a du mal à saisir ce qu'ils disent, mais elle ne veut pas s'approcher davantage car elle

sait que les nains n'aiment pas qu'on les dérange et que, s'ils se sentent espionnés, ils peuvent être de très mauvaise humeur.

Elle reste donc derrière un arbre qui la dissimule à leur vue et, de nouveau, elle tend l'oreille. Parfois, au milieu du bourdonnement, s'élève une voix plus claire, plus forte, comme si l'excitation faisait oublier sa prudence à son propriétaire.

Malourène reconnaît la voix de Grelu.

— Ça ressemble furieusement à une prophétie, déclare-t-il sur un ton respectueux. Décryptons-la et nous connaîtrons l'avenir.

— Mais non, voyons, réplique Gripoil. Tu n'y es pas du tout. Il s'agit bien évidemment d'une formule magique. Je suis certain que sa réalisation nous donnerait un pouvoir considérable.

— Fadaises! s'écrie Gros-Bedon. Nous avons affaire à une carte au trésor, ça crève les yeux. Il suffit de la déchiffrer et nous serons riches!

— Vous rêvez! intervient enfin Gorgibus d'une voix que la peur fait frémir. Je vous dis qu'il y a de l'Engoulaffre là-dessous. Il y a là des nouvelles terribles. La guerre, peut-être. Le malheur est sur nous.

Un nuage passe et voile la lune. Les nains frémissent et se taisent. Puis ils se ressaisissent, resserrent le cercle et se penchent vers une chose que Malourène ne parvient pas à distinguer dans l'ombre.

Et pourtant, il lui semble vaguement la reconnaître. Serait-ce...? Mais non, voyons. C'est impossible...

Courbés sur leur trésor, les nains se passent l'objet de l'un à l'autre avec d'infinies précautions, comme s'il avait une valeur inestimable. De quoi s'agit-il donc?

Chapitre 2

Grelu a peur

Malourène est discrètement repartie chez elle. Elle sait parfaitement que les nains ont la maladie du secret et qu'il ne servirait à rien de les questionner à propos du mystérieux objet.

Si, de plus, ils s'étaient rendu compte de sa présence sous les arbres, ils se seraient sentis mortellement vexés et ils auraient refusé de lui parler pendant des années.

Néanmoins, Malourène sait d'expérience que, lorsque les nains ont de gros problèmes, ils refusent d'en parler et que ces problèmes ne font qu'empirer. Or, elle a bien entendu Gorgibus prononcer le nom d'Engoulaffre.

Engoulaffre, l'ogre aux appétits monstrueux, l'ennemi juré des nains. La fée est persuadée que ses amis sont en danger, même s'ils se taisent. Comment faire pour les aider?

Tard dans la nuit, les nains sont repartis, sauf Grelu qui dispose d'une chambre dans la maison de Malourène. Le lendemain matin, celle-ci aperçoit Grelu qui traverse en hâte le jardin. Elle n'a pas le temps de l'appeler qu'il a déjà disparu sur la route.

« C'est étrange, se dit la fée. Grelu ne manque jamais de venir me saluer chaque matin, même quand il doit s'absenter. »

Plus tard dans la matinée, Malourène reçoit la visite de Fadette, l'amoureuse de Grelu. Fadette a l'air préoccupée. Malourène le lui fait remarquer.

— C'est à cause de Grelu, répond Fadette. Il est bizarre, depuis quelques jours. Il ne parle plus, il ne sourit plus. Il en a même perdu le boire et le manger!

— Hmmm, c'est grave, en effet, fait Malourène. Pour qu'un nain cesse de manger, il faut qu'il

ait un gros problème. As-tu une idée de ce qui se passe?

— Hélas non, reprend Fadette. Tout ce que je sais, c'est que Grelu n'est pas le seul dans ce cas. Tous les nains semblent être pris de la même fièvre. C'est à cause du message.

— Le message?

— Oui, explique Fadette. Un message mystérieux qu'ils ont

trouvé et qui paraît être d'une importance capitale.

— Je crois que je comprends, dit Malourène qui se souvient de l'étrange réunion des nains la veille au soir. Mais j'ai l'impression qu'ils ne sont pas d'accord sur le contenu de ce message.

— Si au moins Grelu acceptait de me parler, soupire Fadette, je pourrais l'aider. Mais tu le connais, il est si têtu. J'ai peur qu'un malheur ne survienne.

— Je vais voir ce que je peux faire, dit la fée après avoir réfléchi un moment. Les nains sont des têtes de mule, mais ils sont naïfs. C'est ce qui les perd, mais c'est aussi ce qui fait leur charme. Ne t'inquiète pas. Je crois que j'ai une idée.

Le soir même, alors que Grelu passe devant la maison, l'air soucieux, Malourène surgit devant lui, portant dans ses bras une longue lunette astronomique.

Le jeune nain lui jette un regard interrogateur. La fée feint la surprise et fait semblant d'essayer de dissimuler l'objet qu'elle transporte. Elle prend un ton mystérieux et lui dit :

— Bonsoir, Grelu, et… hem… au revoir. Je suis… j'ai à faire.

Puis, sans se retourner, elle s'enfonce dans le jardin d'un pas vif.

Grelu reste immobile un long moment, stupéfait. Il se demande ce que la fée peut bien fabriquer avec un tel instrument, et pourquoi elle est aussi pressée. Après avoir hésité, il se laisse emporter par la curiosité et décide de la suivre discrètement.

Il la rattrape en peu de temps. La fée se trouve dans la clairière.

Elle a braqué sa lunette vers les étoiles, qu'elle observe minutieusement. Intrigué, Grelu reste caché derrière un arbre.

Malourène, qui a remarqué que le nain l'avait suivie, abaisse la

lunette et prend un air catas-
trophé. Puis elle marmonne,
quoique d'une voix assez forte
pour que Grelu l'entende :

— Hmmm, c'est bien ce que je
pensais. C'est terrible...

Grelu blêmit de peur derrière son arbre. Il vient de comprendre. Malourène connaît l'astrologie, bien entendu, et elle a découvert, en lisant dans les étoiles, que quelque chose d'horrible se prépare.

« Elle sait, murmure le jeune nain pour lui-même. Elle aussi

elle sait! J'avais donc raison! Il faut prévenir les autres.»

Sans perdre un instant, il s'éloigne en courant.

Chapitre 3

Le stratagème de Malourène

Le lendemain matin, Malourène sort tôt de chez elle. Elle porte un grand sac et se dirige vers la forêt en regardant constamment autour d'elle, comme pour vérifier que personne ne la remarque.

Bien entendu, l'étrangeté de son attitude n'échappe pas à

Gripoil, qui la surveillait et lui emboîte le pas à distance. Malourène sait très bien que le nain ne la perd pas de vue, mais elle continue comme si de rien n'était.

Une fois dans la forêt, elle se met à chercher des herbes, des champignons, des racines. Elle

ramasse également des cailloux colorés et de la rosée qu'elle recueille délicatement sur les toiles d'araignées.

« Tonnerre! grommelle Gripoil à voix basse. Grelu n'a pas menti. Elle sait. Elle connaît la formule. Elle a réussi à la déchiffrer et voilà qu'elle collecte les ingrédients pour la préparer. Je dois avertir Gros-Bedon au plus vite.»

Et Gripoil détale de toute la vitesse de ses courtes jambes pour rejoindre ses congénères.

Malourène, pendant ce temps, est rentrée chez elle par un chemin détourné. Elle semble d'excellente humeur. Dans le courant de l'après-midi, alors que la plupart des gens font la sieste, elle ressort discrètement, munie d'une carte et d'une boussole.

Sa sortie, bien entendu, n'a pas échappé aux nains. Gros-Bedon, averti par Gripoil, ne la lâche pas d'une semelle.

La fée se dirige vers le sud. De temps en temps, elle s'arrête pour consulter la carte qu'elle sort de sa poche, puis elle regarde sa boussole et se remet en route, parfois en changeant de direction, parfois en comptant méticuleusement ses pas.

Gros-Bedon est essoufflé et il a du mal à la suivre, mais il ne cesse d'observer le manège de la fée.

« Ça alors! grogne-t-il. Grelu et Gripoil ne se sont pas trompés. Malourène a l'air d'en savoir long. Plus long que nous. Je me demande comment elle s'est procuré la carte au trésor. Naturellement, elle a su la lire et va le découvrir avant nous! »

Gros-Bedon en sait assez. Il abandonne sa filature et s'en va retrouver les autres nains pour les mettre au courant.

Malourène, un sourire satisfait aux lèvres, en profite pour rentrer chez elle et se reposer un peu. Le

soir, allongée sur sa véranda, elle
aperçoit Grelu qui passe dans le
jardin.

Au lieu de le saluer comme
d'habitude, elle l'ignore et
plonge aussitôt son nez dans un
énorme grimoire qu'elle a posé
sur ses genoux et feuillette avec le
plus grand sérieux, tout en

hochant la tête et en faisant des mines.

Grelu s'arrête un instant, interloqué, se demandant ce que Malourène peut bien chercher dans cet énorme bouquin poussiéreux. Puis il secoue la tête et, pensif, rebrousse chemin au lieu de rentrer chez lui.

Le lendemain matin, lorsqu'elle se lève, Malourène n'est guère surprise d'apercevoir, alignée en rang d'oignons derrière la haie du potager, toute une collection de bonnets de nains.

Les nains se trouvent sous les bonnets, bien entendu, mais ils se croient sans doute bien

dissimulés. Malourène rit de cette candeur. Elle déjeune, s'habille, met un chapeau, passe sa baguette magique dans sa ceinture, puis elle sort par la porte de derrière.

Elle n'a pas fait vingt pas que, déjà, les nains s'ébranlent silencieusement à sa suite. À leur grand étonnement, elle prend la route qui mène chez Engoulaffre.

Gros-Bedon, Gripoil, Grelu et Gorgibus ne sont pas très rassurés. Au fur et à mesure qu'ils se rapprochent de la maison de l'ogre, ils sentent leur courage les quitter.

À peine la cheminée fumante du logis d'Engoulaffre est-elle en vue que Gorgibus s'arrête net.

— Je ne fais pas un pas de plus dans cette direction, déclare-t-il d'une voix rauque. Je vous avais prévenus. Engoulaffre prépare un mauvais coup, c'est évident. De plus, Malourène est de mèche avec lui. Nous sommes fichus!

Les autres le regardent, indécis. Gorgibus a-t-il raison? La trahison de Malourène est difficile à avaler, mais il faut avouer que son manège, depuis la veille, est plutôt bizarre.

Malourène serait-elle devenue la complice de l'ignoble Engoulaffre?

Chapitre 4

Engoulaffre s'en mêle

Les nains sont soudain pris de panique. Quel que soit le rôle joué par Malourène dans cette affaire, il est clair que tous leurs espoirs s'effondrent.

Que la fée conspire avec Engoulaffre ou qu'elle ait prévu une catastrophe imminente, qu'elle ait trouvé une formule magique inédite ou le secret d'une carte au trésor, de mauvais temps s'annoncent pour eux.

Rebroussant chemin, ils se hâtent vers leur logis en silence pour tenir conseil.

Quelle n'est pas leur surprise lorsque, arrivant devant la maison de Gros-Bedon, ils s'aperçoivent que la porte en est brisée.

Atterrés, les nains se précipitent à l'intérieur. Quelle horreur! Les meubles sont renversés, les rideaux arrachés. Tout a été mis sens dessus dessous, tout a été saccagé.

Tout à coup, Gros-Bedon se frappe le front :

— Le message! s'écrie-t-il. Je l'avais laissé ici.

Il se précipite vers le fond de la pièce. Le coffre qui s'y trouvait a été éventré. Il est vide. Gros-Bedon pousse un rugissement à effrayer un lion.

— Le message a disparu! hurle-t-il. Il a été volé. C'est affreux! On veut nous ruiner, on veut nous assassiner!

Le désordre est général. Les nains se lamentent sur tous les tons, crient, beuglent. On ne s'entend plus. Puis le calme revient peu à peu et Gros-Bedon, l'œil noir et les poings serrés, grommelle :

— Qui a osé?

Une frêle silhouette apparaît alors dans l'encadrement de la porte. C'est Fadette. Grelu se précipite vers elle. Avant qu'il ait eu le temps de dire un mot, Fadette murmure :

— J'ai tout vu. Je passais dans la rue quand ça s'est produit…

— Qui? Qui? vocifèrent les nains en l'interrompant.

— Engoulaffre, articule Fadette d'une voix apeurée. J'en ai encore la chair de poule. Il est arrivé en ricanant et il a enfoncé la porte, puis je l'ai entendu tout casser à l'intérieur. Quand il est ressorti, il tenait à la main un papier et il criait « À moi la formule! À moi le trésor! »

— J'avais raison! s'écrie Gorgibus. C'est donc bien lui qui est à l'origine de tout. Je suis certain qu'il préparait un plan pour nous attaquer.

— Mais non, réplique Gripoil. Si c'était ça, il n'aurait pas eu

besoin de voler le message secret.
S'il l'a fait, c'est parce qu'il savait
qu'on y donnait la recette de la
formule magique. Il l'a dit.

— Il a aussi parlé du trésor, fait
remarquer Gros-Bedon. C'est
donc moi qui avais raison!

La discussion recommence
dans un vacarme assourdissant,
chaque nain voulant à tout prix
avoir le dernier mot. Fadette n'en

peut plus, elle doit se boucher les oreilles.

— Silence! crie-t-elle brusquement d'une voix aiguë.

Les nains, étonnés qu'une personne aussi frêle puisse émettre un son aussi fort, se taisent aussitôt. Ils la regardent, incrédules.

— Vous êtes tous fous, reprend Fadette. Engoulaffre ne sait pas mieux que vous ce que contient ce message énigmatique. Mais vous avez fait tellement de mystère autour de lui que vous avez attiré l'attention de l'ogre et provoqué son envie. Heureusement, je crois qu'il ne sera pas plus capable que vous de le déchiffrer.

Grelu, que la présence de sa belle Fadette semble avoir

ramené à la raison, laisse alors tomber :

— Elle a raison. Je crois qu'il n'y a qu'une seule personne qui sache vraiment de quoi il s'agit.

Les nains se retournent vers lui d'un seul geste, les yeux ronds. Ils ont compris.

— Malourène, siffle Gros-Bedon entre ses dents.

Chapitre 5

Le message mystérieux

Fadette est outrée. Que veut insinuer Gros-Bedon? Que Malourène est responsable de tout ce qui est arrivé?

Grelu baisse les yeux. Il aime beaucoup Malourène et se sent gêné d'avoir attiré l'attention sur elle.

— En tout cas, Malourène sait quelque chose, déclare Gripoil.

— Oui, mais quoi? ajoute Gros-Bedon.

— Pourquoi n'allez-vous pas lui demander? propose alors Fadette.

Bien sûr, tous en meurent d'envie. Mais, c'est bien connu, les nains ont horreur de demander. Tête baissée, ils se contentent de regarder le bout de leurs pieds. Si l'un d'eux se décidait, les autres suivraient…

Alors, tendrement, Fadette prend Grelu par le bras et l'entraîne dans la rue. L'effet est instantané. Un par un, les nains

leur emboîtent le pas et les voilà en route pour la maison de la reine des fées.

Malourène reçoit les nains sur sa terrasse. Elle devine, à leur air ennuyé, ce qu'ils sont venus lui demander. Cependant, c'est Fadette qui doit lui expliquer ce qui s'est passé.

— Je serais heureuse de vous
rendre service, répond la fée.
Mais comment vous aider alors
que vous êtes fermés comme des
huîtres?

— Nous n'y pouvons rien, finit
par bredouiller Gros-Bedon.
C'est ainsi que nous sommes.
Mais si tu voulais bien nous
révéler ce que tu connais à
propos du message mystérieux...

— Le message mystérieux! s'exclame Malourène. Mais je n'en sais rien du tout. Je ne l'ai jamais vu. Je vous ai joué une petite comédie pour vous faire réagir, c'est tout. Seulement voilà, il est trop tard maintenant, puisque Engoulaffre vous a volé le précieux document.

— Tout est perdu, conclut Gros-Bedon.

Grelu, qui s'agitait depuis un moment sur son siège intervient alors.

— Tout n'est peut-être pas perdu, avoue-t-il. Je… j'avais recopié le message. Au cas où…

Tous se tournent vers lui. Grelu exhibe un papier plié en quatre qu'il vient de tirer de sa poche.

Gros-Bedon fronce les sourcils. Bien sûr, ce n'est pas très honnête de la part de Grelu d'avoir fait cela sans avertir les autres. Les nains sont secrets, mais pas entre eux.

Néanmoins, si cette copie peut sauver leur affaire, il vaut mieux ne rien dire. Il tend la main vers Grelu pour saisir le message. Le jeune nain, cependant, ne desserre pas les doigts. Il regarde Malourène.

— Tu as raison, dit alors Gros-Bedon sur un ton plein de regrets. De toute façon, aucun de nous n'a réussi à le déchiffrer. Autant le donner à Malourène.

La fée prend donc le papier que lui offre Grelu, le déplie lentement, le lit attentivement, et… éclate de rire.

Elle rit, rit, rit aux larmes. Les nains n'en reviennent pas. Qu'y a-t-il de drôle dans tout cela?

Finalement, voyant leurs mines décomposées, Malourène se calme un peu et leur explique :

— Ce que vous avez trouvé n'a rien de bien mystérieux. Il s'agit de la liste de commissions que j'ai perdue l'autre jour.

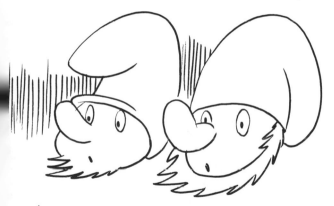

Évidemment, comme j'utilise des abréviations pour aller plus vite, vous avez pris mes gribouillis pour des codes secrets...

Les nains se regardent, ahuris.

— Mais le plus drôle, reprend la fée, c'est que maintenant c'est Engoulaffre qui va perdre le boire et le manger à essayer de déchiffrer ce faux message!

Alors les nains éclatent de rire à leur tour.

Table des matières

Les aventures de Malourène :